Leguern

LE

NOUVEAU ZODIAQUE.

Leguern

HYACINTHE LE GUERN.

LE
NOUVEAU ZODIAQUE

Essai d'une traduction poétique

de la prose insérée, sans nom d'auteur, dans le Supplément

à l'édition des Baisers.

IMITATION DES POÈTES LATINS MODERNES.

DÉDIÉ A THÉMIRE.

Honni soit qui mal y pense !
(ÉDOUARD.)

EN VENTE

CHEZ LES PRINCIPAUX LIBRAIRES.

1862

PRÉFACE

démesurément longue, et dans laquelle l'auteur se donne la permission
de s'écarter plusieurs fois de son sujet.

———

On ne saurait en disconvenir : l'idée sur laquelle repose ce petit poème érotique, — dont je n'ai que la
prose française sous les yeux, — est extravagante ; mais
les détails qu'il renferme sont parsemés de bon goût, de
grâces et d'imagination.

Où donc ai-je vu l'original? Je n'en sais rien. A qui
l'attribuer? A Spagnoli (1)? au cavalier Marin (2)? ou
bien à l'un des trois frères Amalthée (3)? Je l'ignore.
Vainement ai-je fureté dans tous les recoins de mes
souvenirs... — La paresse bien cultivée est d'un si grand
rapport que je ne saurais, désormais, me résoudre à
ouvrir un bouquin quelconque, si poussiéré qu'il soit. —

(1) Général de l'ordre des Carmes, surnommé le Mantouan. Il a composé
des pièces galantes, des satires, et un poème de la *Calamité des Temps*. —
Mort en 1516.

(2) Natif de Naples. Son ouvrage le plus estimé est le poème d'*Adonis*.

(3) Originaires d'Italie et célèbres par leur talent poétique. — XVIe siècle.

On dirait que l'âme du corps, la mémoire, s'use avec le corps!... Qui sait? Plongée à la fois dans les ennuis du jour présent et dans les extases du lendemain, l'âme, insatisfaite et insatiable, ne peut s'arrêter longtemps sur les mêmes objets. Se croyant éternelle de jeunesse, se croyant momentanément exilée de sa véritable patrie, l'âme attend constamment qu'une brise favorable lui permette de prendre l'essor par delà ces lendemains successifs qui, de moqueries en moqueries, de déceptions en déceptions, la conduisent au seuil des jours sans mesure, sans tintements d'horloges monotones; au rivage de cet océan de vie, dont la seule pensée donne le vertige...

Donc, en l'absence du texte latin, — dans la chambre même où naquit le fils non académicien, mais immortel (1), d'un brave poète et apothicaire dijonnais (2), — je me suis mis à l'œuvre; et ce, assisté : 1° d'une table et d'une chaise non tournantes et non parlantes; 2° d'un crayon Mangin, breveté s. g. d. g., et d'une feuille de papier d'Angoulême, — vu que je n'ai pas encore eu le loisir de faire corroyer, râcler, tanner, blanchir et satiner la peau du zoïle S..... L**..., un tout jeune homme de cinquante-huit printemps, dont, quelque matin, mes souscripteurs recevront, à titre de prime, le portrait photographié, ainsi que celui de sa nourrice; 3° d'un narguilé, seul présent que m'ait encore fait THÉMIRE; 4° d'un moka, que les pattes sales de mon Vatel ont déshonoré par une sale addition de chicorée. — En compagnie de

______

(1) Alexis Piron. On lui a faussement attribué plusieurs pièces extra-licencieuses.

(2) Père du précédent, et auteur de plusieurs *Noëls* assez remarquables en patois bourguignon.

tout cet attirail, je me suis permis de scander la prose
d'un inconnu, et, — je le confesse, — de retrancher par
ci, d'amplifier par là... non pas, cependant, sans éprouver
l'appréhension de broder des orties sur une tapisserie de
roses dont les guirlandes symboliques entourent mol-
lement les Grâces et les Amours; où fourmille, sous
une gaze d'argent, l'essaim des Jeux, des Plaisirs et des
Ris... Mais, bah!... au pied du plus beau des myrtes
de l'Elysée, Catulle baise encore sa Lesbie... — autant
qu'une ombre peut le faire, — en la consolant de la
perte de son moineau; Horace rêve aux huîtres de Lu-
crin, aux turbots et aux sargets; l'Hamadryade qui bâille
dans un chêne voisin entend toujours le mélancolique
Tibulle soupirer, tour à tour, pour l'avare Némésis (1),
pour l'infidèle Glycère, pour la cruelle et perfide
Néera (2), sans compter la blonde Délie, qui, elle aussi,
vendit ses appas. Aucuns n'auront garde de se déranger
pour m'adresser des approbations moqueuses... Bah!
presque tous nos grands-prêtres en Apollon sont défunts,
ou du moins ont-ils suspendu leur lyre aux saules de
je ne sais plus quel fleuve...

Certes, j'aurais été bien osé de me présenter dans
l'arène du temps de l'Académie française, — société qui
tenait ses séances... alphabétiques sur l'emplacement
découvert par Bécherelles, et où s'élève, aux regards
des amateurs de points de vue, la nécropole que vous
savez...

(1)   *Ad dominam faciles aditus per carmina quæro;*
       Ite procul. Musæ, si nihil ista valent
         Nemesis avaritia.   (Lib. II, elegia IV.)

(2)   *Perfida, nec merito, nobis, nec amica merenti!*
      Perfida, sed quamvis perfida, cara tamen.
         (*Ad Bacchum*, lib. III, elegia VI.)

Oh ! les belles choses qu'ici
Je pourrais dire... Quoi ! la docte Académie
Depuis près d'un siècle, — merci ! —
Tout comme un loir est endormie
Sur son Dictionnaire?.. Enfant bien réussi !...
Enfant né rachitique et devenu momie (1) !...
Où diable en suis-je donc ?... Chut ! point de bruit; voici :

Certes, j'aurais été bien osé, surtout, d'entrer en lice avec tant d'élégants disciples des poètes divins, dont les chants inimitables ont rejailli sur la gloire d'Auguste (2) : avec Ausone, Jean Bonnefons, Muret (3), Aléandre et Strada; avec Théodore de Bèze, *qui parlait comme Calvin dans les synodes, et qui écrivait comme Ovide dans son cabinet ;* avec mille autres beaux génies de la latinité moderne, qui, je le sais, m'auraient pourfendu dès la première passe... Mais aujourd'hui !...

Si, cependant, j'allais choir de mon haut?... Et si... Bah !... pourvu que je trouve grâce devant ton cœur, ô Thémire ! oui, le reste m'est indifférent. Au surplus, tout rire inoffensif allège les fardeaux écrasants de la vie et n'offense que les mauvais cœurs. Foin d'eux !

Lecteur, avant de t'offrir les plus belles grappes de ma vendange, un dernier mot :

(1)   Il court un bruit fâcheux sur le Dictionnaire,
Qui, malgré tant d'auteurs et de soins importants,
A fort alarmé leur libraire :
On dit que, pour le vendre, il faudra plus de temps
Qu'il n'en a fallu pour le faire.   (RIVAROL.)

(2) Protecteur des lettres et des sciences; mais lâchement cruel, mais éhontément démocrate du tyran, selon les temps et les circonstances; mais corrupteur de la conscience publique et de la fidélité militaire.

(3)   *Qui rigidœ flammas evaserat ante Tolosœ,*
Muretus, fumos vendidit ille mihi.   (SCALIGER.)

C'est sur ce ton que, dans un distique, *le plus vain, le plus envieux, le plus emporté, le plus cynique et le plus ridiculement enthousiaste des anciens* reproche à Muret ses mœurs, et le bûcher où des accusations horribles pensèrent le conduire.

Aux malavisés, comme aux farceurs de tout acabit ; aux têtes solennellement posées, soit dans des collerettes, soit dans des faux-cols simulant les éperons du *Mérimac* et du *Monitor;* et généralement aux fins critiques qui se raidiront l'échine pour venir démontrer surabondamment la futilité de cette œuvre, — et qui, persuadés que le Soleil a été fait exclusivement pour leur servir de falot, prétendent piloter tous ceux qu'ils considèrent comme des myopes-nés, voire même comme des crétins, incapables, par exemple, de résoudre ce problème ardu : *Nourrir des lapins avec de la sciure de bois, à seule fin de se créer cinq mille francs de rentes sur le poil desdits sieurs,* — je daignerai peut-être répondre qu'après avoir consacré trente années de mon existence à appeler l'attention publique sur la coutume imprévoyante, barbare, anti-chrétienne et homicide des *enterrements prématurés,* coutume *entraînant de fréquents et déplorables accidents* (1), j'ai recueilli, pour prix de ce labeur philanthropique, mais onéreux : 1° des liasses de lettres, témoignages de sympathie, notamment de plusieurs souverains, ministres, etc. De la haute et noble médecine, — contraste des empiriques, des infaillibles et autres roquets aboyeurs ; — 2° de bienveillants articles ou comptes-rendus de la presse sérieuse. Le tout soigneusement classé dans mes archives ambulantes ; cause pour laquelle je me suis toujours trouvé en excédant de bagages sur les chemins de fer. — 3° Revers de toute médaille : de basses jalousies ; de petites vengeances lon-

(1) *Vœux et déclarations des conseils généraux,* reproduits dans ma dernière publication de 1852.— Lot-et-Garonne, Haute-Saône, Aube, Sarthe, Vienne, Vosges.

guement méditées, couvées dans l'ombre et léchées avec
amour; de sourdes, d'ignobles tracasseries, et des cha-
grins..... Je répondrai qu'après m'être naïvement et sain-
tement attristé sur mon prochain, il m'a paru drôle, —
sage serait le mot, — non plus de passer bêtement en
revue mes années d'illusions et d'espérances, mais de
reposer mon esprit insatisfait, en recourant aux neuf
Sœurs, dans le vallon desquelles, — muni d'un sauf-
conduit signé Nodier et Béranger, et huché sur un che-
val de louage étrillé l'avant-veille du départ, — je me
suis introduit, seulement pour la durée des vacances, en
qualité d'apprenti jardinier, — car je ne me crois ni un
homme de lettres, ni un barde; — vallon où, tout en ratis-
sant des allées, j'entends maintes fois parler d'un poète de
l'avenir (1). Bref, je répondrai qu'il m'a pris fantaisie d'es-
sayer du rire philosophique... tout en m'avouant que si
je ne suis pas soûl de l'humanité, — elle possède de trop
nobles cœurs, — je me sens loin, cependant, de pouvoir
entonner l'hymne de la reconnaissance pour les procédés
ci-dessus qualifiés d'un certain nombre de ses mem-
bres à mon égard. Sur ce, je leur tire ma révérence...

> Sans rancune, Messieurs... Vous voyez une paille
> Au fond de ma prunelle, alors qu'une rocaille
>   Dans la vôtre m'apparaît...
>   Si des bois ou des cornes
> Croissent sur votre front, grand sera mon regret...
> Portez-vous bien avec !... On peut aimer sans bornes :
> Mais, de même haïr... fi donc ! c'est par trop laid !

> — Juillet 1862. —

(1) Casimir SOUBIROUX. Un jeune poète de la province qui entr'ouvre déjà
les ailes et qui saura les déployer magnifiquement sans la permission des
monopoleurs, si la foi ne l'abandonne pas dans les jours *inévitables* d'é-
preuves et d'angoisses.

LE
NOUVEAU ZODIAQUE

INVOCATION.

At nobis, Pax alma, veni spicamque teneto,
Perpluat et pomis candidus ante sinus.

(Tib., *Ad Pacem*, lib. I, elegia xi.)

A l'ombre du bocage où l'abeille bourdonne,
Je songe à mes amours et tresse une couronne...
L'écho ne redit plus nos haines, nos combats ;
Les Zéphirs, sur la mousse, ont repris leurs ébats ;
Partout règnent la paix, la joie et l'abondance :
A quel sot déplairais-je, ô ma douce espérance !
En célébrant ce que, loin du bruit, des dangers,
Chantent sur le même air les rois et les bergers ?

Source du vrai génie, Amour, divine flamme !
Puisqu'encore tu viens rayonner dans mon âme,
Esclave, je t'invoque en chérissant ta loi...
Pour vaincre une cruelle, Amour, inspire-moi !

Je ne tourne point mes regards vers l'astre éclatant des jours, que je ne sois indigné contre cette foule de Signes qui partagent et déshonorent les cieux. Il fait beau voir, sous cette zone radieuse, le Lion secouer sa crinière ondoyante et rouler des yeux enflammés; se recourber l'arme tortueuse du Taureau; le Scorpion s'étendre; se traîner l'Ecrevisse; naître les malignes influences de la Planète qui préside à l'hymen; fourmiller, enfin, tous ces animaux effrayants, qui ne servent qu'à immortaliser de profanes amours.

I

Sunt Aries, Taurus, Gemini, Cancer, Leo, Virgo,
Libraque, Scorpius, Arcitenens, Caper, Amphora, Pisces.

Astre divin des jours, dont les rayons splendides
Font croître des trésors sur nos guérets humides,
N'es-tu pas indigné, — Soleil majestueux ! —
De voir s'échelonner, sous la zone des cieux,
Des signes effrayants, absurdes, ridicules,
Bons pour servir de thème aux commères crédules ?
N'es-tu pas indigné ? Combien de temps encor,
Dis-le moi, verrons-nous, devant ton disque d'or,
Le Lion rugissant, sorti de sa tanière,
L'œil en feu, hérisser son ardente crinière ?
Le hideux Scorpion, le glacial Verseau,
Le Bélier bondissant, l'impétueux Taureau,
— Pauvre image d'un Dieu ravissant son amante ! —
L'Ecrevisse aux longs crocs (1), à la marche traînante ?
Tant de signes, enfin, servant à consacrer
De profanes amours, devraient-ils t'entourer ?

(1) .... L'écrevisse aux longs *crocs*, au pas lent,
Dont le cours rétrograde avance en reculant.
        (DELILLE.)

Un savant astronome, — un mari, sans nul doute, —
Jadis heurta son front à l'angle d'une route
Où la Lune argentée apparaît à l'œil nu
Avec un couvre-chef étrange, biscornu :

Le pauvre fou, dès lors, amoureux de chimères,
Rêvant corne et licorne, enrôla des confrères ;
Chacun d'entre eux crut voir dans l'espace étoilé
Les saugrenus zigzags de son cerveau fêlé.

Adorable Thémire, toi que les Dieux ont formée pour montrer à ce globe qu'ils n'avaient rien créé de parfait avant toi, que ne puis-je, à l'envi du Soleil, me faire, en parcourant tes beautés, un Zodiaque plus brillant que le sien! Je distribuerais, comme lui, les jours, les heures, les années; les richesses de la nature seraient l'ouvrage de tes charmes.

Aux approches d'Avril, je choisirais, pour ouvrir la saison du printemps, ce front où la candeur repose, où siége la sérénité : c'est là qu'on verrait poindre l'aurore des beaux jours.

II

> L'Amour sait avec quelle ivresse je parcou-
> rerais ce champ d'albâtre, et comme j'y ferais
> une douce moisson de baisers.
>
> *Sur une fleur.* (J. BONNEFONS (1).

O toi qu'AMOUR créa parfaite en toute chose,
THÉMIRE à qui j'écris, — car de parler je n'ose... —
Que ne puis-je, sortant ma muse du sommeil,
Tracer un Zodiaque à l'envi du Soleil !
Parcourant tes beautés, oh ! que n'ai-je une lyre
Pour scander des vers d'or, et partout les redire !
Mieux que lui je saurais, des Ans réglant le cours,
Distribuant les Mois, les Heures et les Jours,
Eclairer de ton corps les merveilles sans nombre !
— En rêve seulement, las ! mon regard dénombre
Tout ce que la nature a prodigué d'éclat,
De charmes et d'attraits sur ce corps délicat. —
Un joyau sans pareil, quadruple diadème,
Te rendrait des saisons la devise et l'emblème.

Aux approches d'Avril, pour ouvrir le Printemps,
Je choisirais ton front, dont les lis, en tous temps,
Annoncent la candeur... C'est là qu'on verrait poindre
L'aurore des beaux jours... Oh ! comment les atteindre ?

(1) Lieutenant général de Bar-sur-Seine. Poète latin, né en 1554.

Orné de jasmins, de lilas, lorsque Mai viendrait à sou-
rire, je me jouerais dans tes cheveux dont il fournirait la
parure ; c'est de là que j'appellerais la cohorte légère des
Zéphirs : ils viendraient prendre l'ordre à tes pieds, parfu-
mer leur souffle en le mêlant au tien. Vos soupirs confondus feraient éclore les fleurs, la verdure, les nuances
variées des coteaux et l'émail brillant des prairies, étalant
sur tes pas les couleurs d'une Iris nouvelle.

Juin me trouverait arrêté sur tes yeux. Les premières
chaleurs naîtraient de leurs regards ; une sève plus active
circulerait dans tous les végétaux, et la fermentation des
germes présagerait la riante fécondité.

Les Heures à peine auraient amené le brûlant Juillet,
j'irais, sur ta bouche, respirer la douceur de ton haleine.
C'est au feu de nos baisers qu'on verrait mûrir les présents de Cérès et se dorer les épis dont elle se couronne
quand elle se prépare à tenir ses promesses. Je ne sais
si trente jours me suffiraient pour habiter ce Signe charmant ; quand j'y serais une fois, je voudrais y demeurer
toujours ; mais enfin le regret d'en sortir serait adouci par
le plaisir d'entrer dans un autre.

Au temps de la récolte, je descendrais sur ton col
d'albâtre et j'y moissonnerais tous les lis dont il est semé.
Tes épaules, plus blanches que la neige, m'offriraient
bientôt une moisson aussi abondante que la première.

Lorsque le mois de Mai, qui le suit pas à pas,
S'avancerait couvert de jasmins, de lilas,
Je voudrais respirer dans tes cheveux de soie,
Ornés de ses présents. Immobile de joie,
Je dirais aux Zéphirs de venir se jouer
Autour de ta ceinture... et de la dénouer...
Vos soupirs confondus feraient bien vite éclore,
Sur nos riants coteaux, la parure de Flore.

Avant de quitter Juin, m'arrêtant sur tes yeux,
Des premières chaleurs tout sentirait les feux :
Les végétaux, nourris par une sève active,
Sortiraient verdoyants de leur graine chétive.

Les Heures s'ébattant sous le brûlant Juillet,
Je t'accompagnerais à l'ombre d'un bosquet,
Où, l'âme suspendue à tes lèvres mi-closes,
Pour me désaltérer, je sucerais des roses...
— Ah! le miel est moins doux, le nectar moins exquis!...—
Au feu de nos baisers mûriraient les épis
Dont la blonde Cérès va former sa couronne;
Car c'est dans trente jours qu'en ces lieux on moissonne.
Eh quoi! faut-il compter, sur ce signe charmant,
Les Jours? Oh! non... la chose est d'un vulgaire amant :
Immortel, je saurais, m'assurant ta présence,
Les fixer à mon char!... — Amour! plus je m'avance,
Plus j'ai peur, plus je tremble... Hélas! si le bonheur
N'était qu'illusion, que fantôme railleur!... —

Entrant dans le mois d'Août, sur ta gorge d'albâtre
J'oserais (1) moissonner les lis que j'idolâtre.
Tes épaules de neige accroîtraient mon trésor,
Et je les baiserais avec ivresse encor.

(1) Qui dit *auteur* dit *oseur*. (Beaumarchais.)

Dans le mois si cher à Bacchus, je caresserais tes jolis doigts, qui verseraient avec grâce, dans la coupe de ce dieu, l'ambre liquide de la treille et ses rubis étincelants.

Mais dès que les Hyades (1) de novembre, escortées des vents du midi, inclineraient leur urne orageuse, je me réfugierais dans ton sein, et les deux roses qu'il recèle m'y retraceraient encore la douce image du Printemps.

Les frimas alors blanchiraient le sommet des monts ; les fleuves se sentiraient emprisonnés sous leur cristal immobile ; une teinte uniforme et morne se répandrait dans les campagnes solitaires ; un vaste deuil couvrirait la nature décolorée, et les sifflements des Aquilons annonceraient la sombre majesté des hivers.

Tout ce désordre ne viendrait point jusqu'à moi ; en quittant mon asile sacré, je m'avancerais, de mois en mois, de Planète en Planète, vers ce Signe enchanteur où je finirais ma course, où tous les autres seraient oubliés.

(1) *Hyades*. Constellation de sept étoiles qui occupe le front du Taureau. Les anciens croyaient que le lever et le coucher des Hyades — dont le nom vient d'un verbe grec signifiant *pleuvoir* — amenaient la pluie.

(L. G.)

Aux fêtes de Bacchus, mes lèvres frémissantes
Voleraient, tour à tour, sur tes mains ravissantes,
Quand, pressurant la grappe au jus d'ambre et de feu,
Tu me présenterais la coupe de ce dieu.
Narguant tout, — sauf l'Amour, — au foyer de ta chambre,
J'attendrais, sans soucis, le pluvieux Novembre.

Mes coursiers indomptés poursuivant leur chemin,
Je me réfugierais dans le vallon divin
Où deux rosiers, greffés sur des globes d'ivoire,
Retracent le Printemps, afin d'y faire croire.

Pour braver des Hivers la sombre majesté,
J'aimerais à me voir encor plus abrité :
Dès que l'âpre Aquilon, blanchissant les montagnes (1),
Déchaîné, furieux, à travers les campagnes
Chasserait, devant lui, la dépouille des bois :
— Adieu, mon cher vallon !... — J'irais de mois en mois,
Bref, je m'avancerais de planète en planète,
Jusque dans ton cœur âme !... où ma muse discrète,
Au comble de ses vœux, connaîtrait qu'ici-bas,
Sous ton égide, Amour ! il n'est point de frimas.

(1) L'Aquilon blanchissant la cime des montagnes.

Cette tournure serait plus poétique ; mais j'ai dû la négliger afin de ne pas être obligé de faire plusieurs autres retouches. Et puis....

  Je loge au quatrième étage,
  C'est là que finit l'escalier.   (DÉSAUGIERS.)

(1311.) — Dijon, imp. J.-E. Rabutôt.